落日未偷名

暮秋 【著】

陕西新华出版

太白文艺出版社

图书在版编目（CIP）数据

落日未命名 / 暮秋著 . -- 西安：太白文艺出版社，
2024.4
　　ISBN 978-7-5513-2583-7

　　Ⅰ . ①落… Ⅱ . ①暮… Ⅲ . ①诗集－中国－当代
Ⅳ . ① I227

中国国家版本馆 CIP 数据核字（2024）第 036437 号

落日未命名
LUORI WEI MINGMING

作　　　者	暮　秋
责任编辑	张　鑫
装帧设计	谢蔓玉
出版发行	太白文艺出版社
经　　销	新华书店
印　　刷	北京众意鑫成科技有限公司
开　　本	880mm×1230mm　1/32
字　　数	30 千字
印　　张	3.5
版　　次	2024 年 4 月第 1 版
印　　次	2024 年 4 月第 1 次印刷
书　　号	ISBN 978-7-5513-2583-7
定　　价	79.80 元

自序

2020 年，抑郁症痊愈的自己开始断断续续地写诗。十几岁的时候，思想还不够成熟，其实自己的感知能力比较强，对人的心理活动比较敏锐，容易感受到世界的好与坏，但是难以自洽好与坏的结果，也习惯性地思考事物的本质，但是容易跳过过程看见大同小异的结局，迷失了自己。患抑郁症之后，整个人的活力约等于无，记忆力下降，执行能力变差。意识到自己患抑郁症之后，用理性强迫自己正常生活，即使自己擅长用文字表达，也放弃了擅长的心理学、哲学和文学，在高中和大学选择了自己并不喜欢的理工科，舒适圈以外的知识拓展了自己的思考范围培养了自己的逻辑思维能力。二十三岁时，对世界有一定的认知，自己的思想也变得成熟，再次成为自己。现在的自己调理了身体的一些小毛病，在早睡早起、三餐定时、营养均衡和适量温白开水的基础上，正确地做一些适合自己的运动会让身体运作更流畅。同我一样共情能力比较强的读者对外界要有一定的边界，遇到困难的时候，也尽量坚持早睡早起，太痛苦的经历不要一直回忆，尝试从不同角度寻找解决办法。

　　诗集成形于 2020 年 10 月至 2023 年 6 月，出版交稿前小幅度地修改了一遍。自己写诗同一时间的思维过程就是表达诗意、选择意象、调控节奏，现代汉语用词明快，自己偏好一气呵成的感觉，进而形成了这本现代短诗集的风格。不同的时代诞生不同的诗歌，我用一百首短诗构建自己眼里的时代诗歌，写诗的过程也是治愈自己的过程，愿这些短诗带给读者治愈。

暮秋

2023 年 10 月

成年

不知过了多少年

跳房子演化成为高楼

跳皮筋演化成为地铁

纸飞机演化成为飞机

低谷

冬季细雨

格外想念温暖的阳光

想钓一个太阳

做成太阳煎饼

然后一口吃掉

坏心情

天气阴晴不定

此刻忽降暴雨

今天的白云也脚步沉重

赶路窝在家里

一天

晚起

好像错过了一整个春天

直接拥抱炙热的夏季

或坦然接受清冷的秋冬

美梦

时间进入睡眠之前

我把明月放在床头

把你放在心里

听说

我说看见了缓降的落日

你说看见了摇曳的树枝

她说看见了路过的行人

他说听起来你们相距甚远

但只是楼层不同

洒脱

在雨天

如果变成一棵树

抖一抖身上的绿叶

努力汲取新鲜水分

就会焕发生机

自己

自我小岛上

物质带来气候

精神决定天气

行为左右睡眠

思考换得食物

蜕
变

黑夜浸泡后的灵魂

会更有质量

请精简行李

大步走向黎明站台

人生

从出生到死亡

我从 01 努力跨越障碍到 10

一回头

眼前依然是 01

人生

不过是一段随机的代码

成长

与过去的自己告别

埋葬在心地深处

种出更完整的自己

成长　开花　结果

焦
虑

眉目紧皱

宛如高山

舒展了眉心

远眺一望无际的草原

麻木

天气晴

房间阴

唯有花草的清香依旧鲜活

唯有市井的烟火气依旧生动

殷
勤

坐在人群里

熙熙攘攘的人

变身勤劳的蜜蜂

采集了花蜜

嗡嗡地飞着

时光

阳光晒旧时光清脆

每走过一片秋日落叶

就照下一分收获

动物

小婴儿吃饱的时候

小恐龙缩小自己的身体

从口中钻出

只留下人类在地球上

七夕节

圆拱桥

好似情人依依不舍的一双手

从古到今

期盼日日年年是七夕

希望

早起的鸟儿

站在五线谱上

合唱电线之歌

也许歌里有春暖花开

懒惰

坐在地上的身影

瘫在沙发上的身躯

躺在床上的躯壳

僵硬地拼凑成无法发电的风车

失眠

种下的种子

不发芽

睡成了尸体

春节

岁末烟花

一群小星星聚集在一起点炮竹

嬉笑以后回到家

跟着圆月一起张贴流传千年的春联

囍

逃离的一颗纽扣

骨折的一截笔芯

丢失的一枚硬币

敲锣打鼓迎来意外的新郎

失灵

张开双手向后伸懒腰

如同老化的机器头顶冒黑烟

此时

懂得世上没有永动机

梦想

梦里的马

染上乌云

变成斑马

困在牢房

孤魂

宁静的夜里

沉寂的一排排路灯

雨点在跳舞

流浪的孤魂在聚会

友善

天气晴朗

路过的微风

温柔地托住我的脸

这一刻化身向日葵

旧伤

愈合伤口的玫瑰

浑身带刺

一不小心

缩成刺猬

节气

四季大陆

混沌初开

立春与夏至蜜恋

收获了秋分

爱情

相遇的两个星体

改变自身的运动轨迹

撞击出火花

凝聚名为爱的物质

爱有回应

想你的三个时间

早晨

午后

晚间

和你想我的时候

一半

左耳传右耳

左手牵右手

你好

我的另一半

永恒

无辜的永恒

总在结尾被起诉

那就放在手心

由你我牵手走过余生

快乐

一倍的快乐

十倍的我

轻松地

把遗忘的行程放在星期八

童年

湛蓝晴空

由儿童画笔

填涂美好未来

青春

暖阳从窗台探头

热情的少男少女

向我挥手邀约

只是少了后羿

新生

我们终将老去

沉睡在初生的宇宙

就像婴儿蜷缩在子宫里

琐事

日常琐事

抖出一堆零件

翻来覆去

找不到钥匙

热恋

时间忽快忽慢

在你我相遇之后

瞬间生或死

在末日来临之前

成为我的文明

白日梦

午睡的梦

甜润心地

因为晴空

是白日梦的另一片居住地

看见

匆匆忙忙的世界

从耳边呼啸而过

你不要离我太远

我会看不清自己的心

最初

日子紧紧地靠在一起

溜走了我

只道是寻常的某天

成就了我

想念

我会径直奔向你

一直到

你在奈何桥那边

我在这边

这是最短的一生

痛苦

痛苦不染灰尘

新鲜的一根苦

扎根于我的身体之上

自然

山林起伏

听见

绿色的呼吸

冷战

坚持

脚踩刺骨的冰冷

头顶燃烧的火焰

双手追寻着愚公

战争

血红和惨白决一死战

赢得了寂静

结局两败俱伤

意
义

墓碑讲述人生意义

欲知后事

下辈子

下下辈子

再见

日常

半新不旧的青年

经过被窝的洗礼

迎接崭新的日出

复杂

幻想指向天

真理指向地

利益指向人

比画着

没有结果的石头剪刀布

真我

陆地上没有海浪

而我却像孤岛

等到百年以后

住进心脏里

拯救

磨难补齐五彩石

感受了光的温度

女娲近在眼前

变脸

台上的戏换了又换

咿咿呀呀的一生

独留红脸和白脸的观众

生肖

生肖合照时

游玩的猫咪

在春天遗落脚印

追逐着下一个暖春

伤心

低落

再低落

落到给阎王打工

往事

何处飘来桂花香

打断往事的步伐

是挽留

也是等待

语言

说过的话

泛起涟漪

回荡在一维时空

追求

我一路狂奔

丢盔弃甲

袒露真实的我

装载我们的回忆

回
归

尘土中苏醒的魂魄

上天庭寻得职位

看花黄人枯

看群山又长高了一厘米

漂泊

从东边到西边

雷雨不在场

停泊的船只

只有一页潦草的薄纸

网络

绝
望

平静的冰面下

流淌着蓝色

世界渐行渐远

而我

却比冰雪融化的速度更缓慢

重生

瓷器和丝绸

放在展厅的台面上

被命名为重生的艺术品

味道

远远地

闻到一缕香气

放眼望去

彩虹升起在家的方向

生病

恍恍惚惚

身处薄雾之中

自己也即将消散

病痛却沉重地拽我回人间

圆
满

未知经历磕磕碰碰

是以胜利者的姿态

还是失败者的背影

都将填满完美的圆

思
考

沉思后抬头

眨眼间

一双蝴蝶

飞到了庄周梦蝶的那天

纯粹

竹林间

清风里

直到

触摸到纯粹

衰老

又一年

漫步过落叶

生命的呢喃

散落在歌的尾音

一年

年复一年的日月更替

重复见面之前的相遇

不见也相识

与潮汐同住的我们

阅历

因为阅历

感觉自己拥有如来佛的掌心

而手掌不会变大

世界会一直前行

挽留

汝窑斑驳了

那些珍贵的

犹可挽回

杂念

晚风卷走杂念

连同昨夜的我

拉长的过去

融入夜色里

人间

我的喜

你的怒

她的哀

他的乐

点亮人间的万家灯火

回忆

一路走来

记忆中的各种感觉

回想起来

宇宙爆炸诞生元素

情绪

空荡的我

苍白的房间

泛滥的灰尘

堆积情绪的形状

真理

你我是否不同

云层以外却都渺小

代替回答的是

我们体内的万千星辰

到家了

一加一等于二

一加一等于一双筷子

一加一等于三

一加一等于家

退化

古时山中的树枝挂满了辞藻

现在长居楼房的人们

看见了青山

脱口而出的只有美

渐渐地

群山也暗淡了

命运

被审视的已无法改变

重回人生的重要路口

我会做出同样的选择

命运只是静静地等候着

让你明白

我就是我

时空

观察人间

每个人都是三维时空

观察自己

走过的路都成了四维时空

恐惧

后退的恐惧是过去的阴影

前行的恐惧是未知的将来

无限堕落的是

理想与现实的差别

自由

飞鸟借我一双翅膀

推开世界的窗

追随精卫的双眼

听听潮起潮落的日常

男
女

男与女的平衡

阴柔与阳刚的交替

月亮与太阳的一天

是一个人的两面

生活

时不时地

自我跟生活拔河

获得方寸之地

一松手

风筝飞向了西方

距离

我们总是守着手机远离人群

手机与手机之间

相隔了一个世界

路边的野花盛开得正好

而手生锈了

群体

东风吹

西风吹

由自己掌舵

航行的方向

温度

温热的拥抱

即使在隆冬

也化作一朵红

绽放在心间

对错

对错为邻

事实划分了距离

那些细节

令邻里表情各异

环节

大型齿轮传动

一环扣一环

一环的崩溃

社会都散作零件

迷恋

相见太短

相拥太少

分不清一和二

世界都向你倾斜

沟通

有时候

投缘的交流

背后或许有一个陌生的人

错位的理解

背后或许有一条曲折的路

相同的

只有人与人的不同

尺度

如何判断人类

交给对错定夺

如何了解人类

挑选一枚骰子

掷向不同面

共情

人群之中

不同的海洋

相似的潮汐声

袭击了夜晚

陪伴

背贴背

脱胎于影子

仰望各自的天空

改变

波动的人生

走走停停

因果互换

唯运动永恒

速度

社会的齿轮越转越快

一个人换了又换

人生加速结尾

人类相继死去

生命

我原以为

我会死于梦想破灭的那个午后

而我

却死于炮火声响起的那刻

与我一同死去的

平日里最讨厌的蚊子

爱

雄伟的爱

广阔的爱

具体的爱

不同形状的爱

同样的我

现在

每个清晨

模糊的过去

不愿面对

真实的现在

看不见未来